Sip, Slurp, Soup, Soup
Caldo, Caldo, Caldo

by Diane Gonzales Bertrand

illustrated by Alex Pardo DeLange

PIÑATA BOOKS Piñata Books
A Division of Arte Público Press
University of Houston
Houston, Texas 77204

To my parents, Gilbert and Consuelo Gonzales, with love.
—Diane Gonzales Bertrand

I would like to dedicate these illustrations to my parents:
A mis Padres, gracias.
—Alex Pardo DeLange

Publication of *Sip, Slurp, Soup, Soup/ Caldo, Caldo, Caldo* is made possible through grants from the National Endowment for the Arts (a federal agency), Andrew W. Mellon Foundation, the Lila Wallace-Reader's Digest Fund, and the City of Houston through The Cultural Arts Council of Houston, Harris County.

Esta edición de *Sip, Slurp, Soup, Soup/Caldo, Caldo, Caldo* ha sido subvencionada por el Fondo Lila Wallace-Reader's Digest, la Fundación Andrew W. Mellon, el Concilio de Artes Culturales de Houston, Condado de Harris por medio de la Ciudad de Houston y el Fondo Nacional para las Artes. Les agradecemos su apoyo.

Piñata Books are full of surprises!

Piñata Books
An Imprint of Arte Público Press
University of Houston
452 Cullen Performance Hall
Houston, Texas 77204-2004

Illustrations by Alex Pardo DeLange
Cover graphic design by Gladys Ramirez

Spanish translation by Julia Mercedes Castilla

Bertrand, Diane Gonzales.
    Sip, slurp, soup, soup / caldo, caldo, caldo / by Diane Gonzales Bertrand.
        p.   cm.
    Summary: A rhythmic text with repetitive phrases relates how the children watch Mamá make soup (recipe included) and go with Papá to get tortillas before enjoying the results of her labor.
    ISBN 1-55885-183-6
    [1. Soups—Fiction. 2. Tortillas—Fiction. 3. Mexican Americans—Fiction. 4. Family Life—Fiction. 5. Spanish language materials—Bilingual.] I. Title.
    PZ73.B445   1997
    [E]—dc21   96-44383
                                                                                                              CIP
                                                                                                              AC

The paper used in this publication meets the requirements of the American National Standard for Permanence of Paper for Printed Library Materials Z39.48-1984. ∞

1 2 3 4 5 6 7 8 9 0   12 11 10 9 8 7 6 5 4

Sip, Slurp, Soup, Soup
Caldo, Caldo, Caldo

On rainy Sunday mornings when Mamá pulls out
her tall, dark soup pot with tiny white spots,
we know it will be a *caldo* day.
Caldo, caldo, caldo.

En las mañanas lluviosas de domingo, cuando Mamá
saca la olla grande de sopa, la de las pequeñas
manchas blancas, sabemos que será un día de caldo.
Caldo, caldo, caldo.

Mamá's *caldo* fills up a warm spot inside us.
Mamá's *caldo* stops the sniffles, softens a cough,
slides easily down a sore throat.
Mamá's *caldo* settles the stomach, soothes a backache,
massages tired feet.
Caldo, caldo, caldo.

El caldo de Mamá nos calienta muy adentro.
El caldo de Mamá mejora el resfriado, y alivia la tos
al bajar suavemente por la garganta adolorida.
El caldo de Mamá apacigua el estómago, calma el dolor de
espalda, masajea los pies cansados.
Caldo, caldo, caldo.

We watch Mamá fill the pot with water and set it on the stove.
She rinses the soup bones, still stringy with beef.
She slips them into the pot and stirs when the water boils.
Mamá grinds onion and garlic in the *molcajete*
before she adds them to the pot.
We lick our lips as we watch.
The smell of delicious *caldo* floats into our noses.
Caldo, caldo, caldo.

Miramos a Mamá llenar la olla de agua y ponerla
sobre la estufa.
Ella lava los huesos de los que todavía cuelgan tiras de carne.
Los deja caer en la olla y la rebulle tan pronto hierve.
Mamá muele cebolla y ajo en el molcajete antes de
echarlos a la olla.
Nos lamemos los labios mientras miramos.
El olor del delicioso caldo flota dentro de nuestras narices.
Caldo, caldo, caldo.

Mamá grabs the potatoes, turnips, carrots, corn and
celery from the basket on the counter.
She washes the vegetables and begins
the rhythm of cutting, chopping, then sliding
little pieces off the cutting board into the *caldo* pot.
Caldo, caldo, caldo.

Mamá saca las papas, nabos, zanahorias, maíz y apio de la
canasta que está sobre la mesa.
Ella lava las verduras y empieza el ritmo de cortar, picar,
luego deslizar los pedacitos de la tabla de picar a la olla de caldo.
Caldo, caldo, caldo.

We beg for a taste from Mamá's wooden spoon.
We climb on the chairs, we lean on the table.
We can't wait, can't wait, can't wait.
Is it ready? Is it ready? Is it ready?
Can we taste? A little taste? One more taste?
Caldo! Caldo! Caldo!

Pedimos tomar sorbos del cucharón de madera de Mamá.
Nos subimos en las sillas, nos inclinamos en la mesa.
No podemos esperar, no podemos esperar, no podemos esperar.
¿Está listo? ¿Está listo? ¿Está listo?
¿Lo podemos probar? ¿Una probadita? ¿Otra probadita?
¡Caldo! ¡Caldo! ¡Caldo!

Mamá bangs her wooden spoon on the table. "Papá!"
Papá comes in and kisses Mamá before he grabs his hat.
"*¡Vámonos, niños!* Let's go buy the *tortillas.*"
Tortillas, tortillas, tortillas.

Mamá golpea la mesa con el cucharón de palo. —¡Papá!—
Papá entra y besa a Mamá antes de coger su sombrero.
—¡Vámonos, niños! Vamos a comprar las tortillas.—
Tortillas, tortillas, tortillas.

We bounce around in the back seat of the car.
We press our noses to the windows.
We look for the red building, the *tortilla* store.
The parking lot of the *tortillería* is crowded with cars.
Is it a *caldo* and *tortillas* day for you?
Tortillas, tortillas, tortillas.

Brincamos en el asiento de atrás del coche.
Apretamos las narices contra la ventana.
Buscamos el edificio rojo, la tienda de tortillas.
El estacionamiento de la tortillería está lleno de coches.
¿Es hoy día de caldo y tortillas para ustedes?
Tortillas, tortillas, tortillas.

The store steams like hot *tortillas*.
Four heads peek over the counter at the *tortillería* man in white.
"Tortillas de maíz," Papá says.
We watch the slick circles of corn dough
climb into a tall, silver oven.
We see tortillas slide out the oven's chute and
land inside a can.
The man flips through them and counts them out for us.
Tortillas, tortillas, tortillas.

La tienda está hirviendo como tortillas calientes.
Cuatro cabezas atisban por encima del mostrador al hombre de
blanco de la tortillería.
—Tortillas de maíz,— dice Papá.
Miramos los suaves círculos de maza de maíz meterse dentro del
alto horno plateado.
Vemos las tortillas deslizarse del horno y caer dentro de un
bote de lata.
El hombre las voltea y cuenta las nuestras.
Tortillas, tortillas, tortillas.

The *tortillas* are hot in their white paper wrapping.
We fight to carry them, one hand on the top, one hand on the bottom.
They are too delicious and we are too hungry.
"One, Papá, please?" we beg in the car.
Papá unwraps the package and passes each of us a warm corn *tortilla*.
We hold them to our lips.
Tortillas, tortillas, tortillas.

Las tortillas están calientes dentro del papel blanco que las envuelve.
Peleamos por llevarlas, una mano encima, otra mano por debajo.
Son demasiado deliciosas y tenemos demasiada hambre.
—Una, Papá, ¿por favor?— le suplicamos en el coche.
Papá desenvuelve el paquete y a cada uno nos pasa una tortilla caliente de maíz.
Nos las llevamos a los labios.
Tortillas, tortillas, tortillas.

Cristina eats out holes to make a *tortilla* mask.
Miguel rips his *tortilla* into ropes and
drops them into his mouth, one by one.
Gilberto makes a tortilla triangle, biting off the corners first.
Alexandra rolls hers and eats, eats, eats to grow fat *tortilla* cheeks.
Tortillas, tortillas, tortillas.

Cristina come pedazos de tortilla dejando agujeros para hacer
una máscara.
Miguel rompe su tortilla en tiras y las echa dentro de la boca,
una por una.
Gilberto hace un triángulo con su tortilla, mordiendo las esquinas
primero.
Alexandra enrolla la suya y come, come, come haciendo gruesas
mejillas de tortilla.
Tortillas, tortillas, tortillas.

At home, the smells of *caldo* swirl around us.
Mamá serves *sopa de arroz* and *caldo, caldo, caldo*—bowls of
thick soup, with pieces of potatoes, carrots, celery.
The lucky ones get a little cob of corn, and
unlucky ones get the wedges of turnip.
Caldo, caldo, caldo.

En casa, el olor a caldo nos envuelve.
Mamá sirve sopa de arroz y caldo, caldo, caldo—soperas de caldo
espeso, con pedazos de papa, zanahoria, apio.
Los afortunados tienen un pequeño elote, y los
poco afortunados los cascos de nabo.
Caldo, caldo, caldo.

Then we roll our *tortillas, tortillas, tortillas* into tight corn flutes.
We slurp the *caldo* through our *tortilla* straws.
We eat up the meat and vegetables that
always, always, always
fill up a warm spot inside us.
Caldo, caldo, caldo.

Luego enrollamos nuestras tortillas, tortillas, tortillas en
estrechas flautas.
Sorbemos el caldo por los popotes de tortilla.
Comemos la carne y las verduras que siempre, siempre, siempre
nos calientan muy adentro.
Caldo, caldo, caldo.

"Mamá, can I have another bowl, please?"

—Mamá, ¿me puede dar un poco más, por favor?

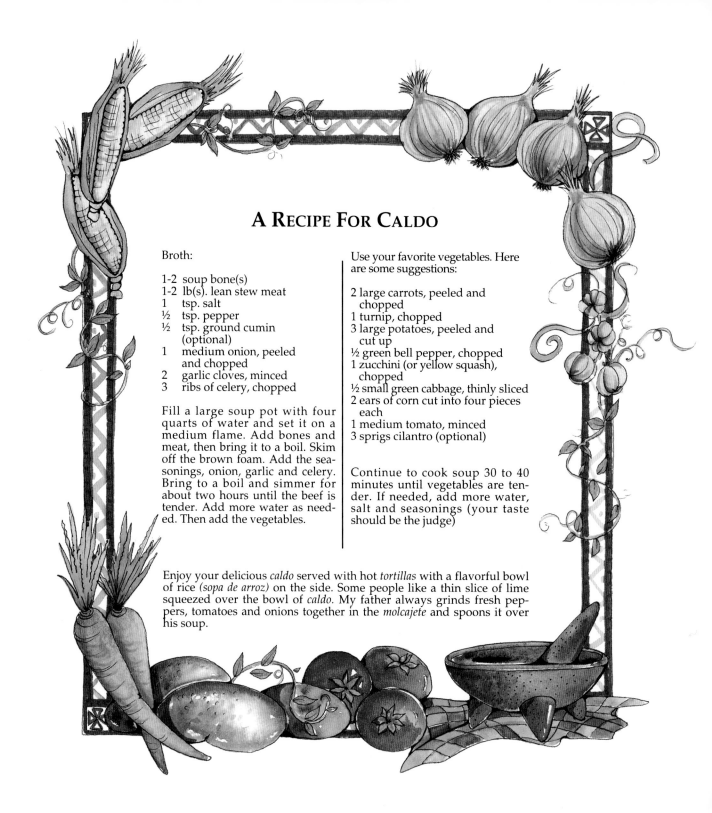

A RECIPE FOR CALDO

Broth:

1-2 soup bone(s)
1-2 lb(s). lean stew meat
1   tsp. salt
½   tsp. pepper
½   tsp. ground cumin
     (optional)
1   medium onion, peeled
     and chopped
2   garlic cloves, minced
3   ribs of celery, chopped

Fill a large soup pot with four quarts of water and set it on a medium flame. Add bones and meat, then bring it to a boil. Skim off the brown foam. Add the seasonings, onion, garlic and celery. Bring to a boil and simmer for about two hours until the beef is tender. Add more water as needed. Then add the vegetables.

Use your favorite vegetables. Here are some suggestions:

2 large carrots, peeled and
  chopped
1 turnip, chopped
3 large potatoes, peeled and
  cut up
½ green bell pepper, chopped
1 zucchini (or yellow squash),
  chopped
½ small green cabbage, thinly sliced
2 ears of corn cut into four pieces
  each
1 medium tomato, minced
3 sprigs cilantro (optional)

Continue to cook soup 30 to 40 minutes until vegetables are tender. If needed, add more water, salt and seasonings (your taste should be the judge)

Enjoy your delicious *caldo* served with hot *tortillas* with a flavorful bowl of rice *(sopa de arroz)* on the side. Some people like a thin slice of lime squeezed over the bowl of *caldo.* My father always grinds fresh peppers, tomatoes and onions together in the *molcajete* and spoons it over his soup.

Una Receta Para Caldo

Caldo:

1-2 huesos para sopa
1-2 lbs. carne sin grasa en trocitos
1 cucharadita de sal
½ cucharadita de pimienta
½ cucharadita de comino molido (opcional)
1 cebolla mediana, pelada y picada
2 dientes de ajo, picados
3 tallos de apio

Llene una olla grande con cuatro cuartos de agua y póngala a cocinar a fuego medio. Añada los huesos y la carne, y luego déjela hervir. Despúmela. Añada los condimentos, cebolla, ajo y apio. Después de que hierva, cocine la sopa a fuego lento por dos horas hasta que la carne esté blanda. Añada más agua si se necesita. Luego añada las verduras.

Use sus verduras favoritas. Aquí están algunas sugerencias:

2 zanahorias grandes, peladas y picadas
1 nabo picado
3 papas grandes, peladas y cortadas
1 pimentón verde grande, picado
1 calabacín blanco o amarillo, picado
½ repollo verde pequeño, tajado finito
2 elotes cortados en cuatro pedazos
1 tomate mediano, picado
3 ramitas de cilantro (opcional)

Continúe cocinando la sopa de 30 a 40 minutos hasta que las verduras estén tiernas. Si necesita, añada más agua, sal y condimentos (su gusto es el juez)

Disfrute su delicioso caldo servido con tortillas calientes con un sabroso plato de arroz (sopa de arroz) al lado. A algunas personas les gusta exprimirle una rodaja de limón a la sopera de caldo. Mi padre siempre muele chile, tomates y cebolla en el molcajete y le pone esta mezcla a su sopa.

Diane Gonzales Bertrand has always loved the word play and creative imagery of poetry. She has been developing her own poetic voice since childhood, and continues to share her love of poetry with children and adults in writing workshops she presents in schools and libraries across Texas. She teaches creative writing and English composition at St. Mary's University in San Antonio, Texas, where she lives with her husband and their two children. She is the author of *Sweet Fifteen* and *Alicia's Treasure*, also published by Piñata Books.

A Diane Gonzales Bertrand siempre le ha gustado el juego de palabras y las imágenes creativas de la poesía. Ella ha venido desarrollando su propia voz poética desde que era niña, y continúa compartiendo su amor por la poesía con niños y adultos en las presentaciones que hace en las escuelas y bibliotecas de Texas. Enseña composición creativa e inglés en la Universidad de St. Mary en San Antonio, Texas, donde vive con su esposo y sus dos hijos. Es la autora de *Sweet Fifteen* y *Alicia's Treasure*, también publicados por Piñata Books.

Born in Venezuela, Alex Pardo DeLange was educated in Argentina and the United States, where she received a degree in Fine Arts from the University of Miami. Pardo DeLange started her career in art as a freelancer for advertising and design agencies. Four years ago, she took the plunge to realize a lifelong dream. Working in ink and watercolor, she began to illustrate books for children, including *Pepita Talks Twice/Pepita habla dos veces* (Piñata Books, 1995). Pardo DeLange lives in Florida with her husband and three children.

Nacida en Venezuela, Alex Pardo DeLange fue educada en la Argentina y los Estados Unidos dónde recibió su licenciatura en Bellas Artes de la Universidad de Miami. Pardo DeLange inició su carrera en arte como artista independiente trabajando para agencias de publicidad y diseño. Hace cuatro años se lanzó a realizar el sueño de toda su vida. Trabajando en tinta y acuarela, empezó a ilustrar libros para niños, incluido entre ellos, *Pepita Talks Twice/Pepita habla dos veces* (Piñata Books, 1995). Pardo DeLange radica en Florida con su marido y tres hijos.